AF298063

L E
BARREAU FRANÇAIS,

P O Ë M E,

Par M. GEOFFRE DE LANXADE,
*Avocat au Parlement de Paris, & Membre
du Musée de Bordeaux.*

Quid tàm Regium, tàm liberale, tàm magnificum, quam opem ferre supplicibus, excitare afflictos ; dare salutem, liberare periculis, & retinere homines in Civitate.

Cicero, in Oratore.

1785.

AVANT-PROPOS.

JE commence à peine à m'enfoncer dans le profond & tortueux dédale des Loix ; n'ayant pour guide, dans mon inexpérience, que le seul désir de me rendre un jour utile à mes Concitoyens : qu'on n'attende donc pas de moi des préceptes. Il me conviendroit peu, dans un âge fait encore pour recevoir des leçons, de vouloir m'ériger en Poëte Didactique. L'Ouvrage que je mets sous les yeux du Public, n'est qu'un hommage rendu à ces Avocats célèbres, dont la noble générosité les porte à sacrifier leur repos & leur tranquillité pour la défense des malheureux, & dont les noms n'inspireront pas moins de vénération à la postérité, que ceux des Cochin & des Patru.

NE pouvant rappeller, dans un aussi court espace, tous les Orateurs qui se sont distingués dans les différents Barreaux de France, j'ai cru

devoir me borner à ceux de la Capitale. D'ailleurs c'eſt à l'*Ordre des Avocats*, en général, que j'offre ici le juſte tribut de mon admiration ; à cet *Ordre* auſſi recommandable par ſa délicateſſe que par ſes lumieres; à cet *Ordre* enfin qui, pour me ſervir des expreſſions de l'immortel Dagueſſeau, « eſt auſſi ancien que la Magiſtra-
» ture, auſſi noble que la vertu, auſſi néceſſaire
» que la Juſtice; & qui, ſeul entre tous les états,
» fait ſe maintenir dans l'heureuſe & paiſible
» poſſeſſion de ſon indépendance ».

LE

BARREAU FRANÇAIS,

POËME.

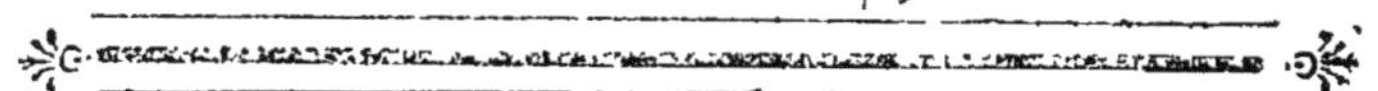

Généreux Citoyens dont l'ardeur héroïque,
Vous arme, chaque jour, pour la Cause publique ;
Vous qui, de l'Orphelin & de la Veuve en pleurs,
Devenez, à l'envi, les zélés Protecteurs,
Et qui, vous déclarant pour la sainte innocence,
Provoquez sur le crime une prompte vengeance ;
Organes de la Loi, c'est pour vous que mes chants
Osent tenter, sans art, quelques accords touchants !

O toi Fille du Ciel, que ta naissance honore,
Permets, chaste Thémis, permets que je t'implore.
Prête-moi tes pinceaux, anime les couleurs
Dont je dois peindre ici ces ardens Défenseurs,

Qui, dans ton Temple faint, témoins de tes miracles,
De ton Sénat facré préparent les Oracles !

MAIS que vois-je ? Ce Temple à l'inftant va s'ouvrir,
Et le Peuple déjà s'empreffe d'y courir.
A peine on a levé la terrible barrière
Qui défendoit à tous l'accès du Sanctuaire,
Que chacun auffi-tôt, d'un air refpectueux,
Se difpofe, en filence, à préfenter fes vœux.
Vers fon trône éclatant la Déeffe s'avance,
Elle tient dans fes mains le glaive & la balance.
Ses Prêtres, à fes pieds, écoutant fes Décrets,
D'après fes volontés difpenfent leurs Arrêts.
Plus loin, je vois rangés ces Hommes vénérables,
Appui des indigens, foutien des miférables,
Qui d'une longue vie ont confacré le cours
A défendre du foible & les biens & les jours,
Et qui viennent encor, dans ce Palais propice,
Confoler l'innocence en tonnant fur le vice.
Chacun d'eux, animé d'une intrépide ardeur,
Brûle de fe livrer aux élans de fon cœur.
On donne le fignal, & tous s'en applaudiffent ;
De ce Temple facré les voûtes retentiffent.
Dans la lice déjà, quel eft cet Orateur
Dont la mâle éloquence & l'organe enchanteur,
Par des refforts puiffans, fruits de fes longues veilles,
Savent toucher notre ame & charmer nos oreilles ?
Je le vois : c'eft Gerbier qui, plein d'un faint couroux,
De Thémis, en ces lieux, vient implorer les coups.

Il réclame l'honneur d'une fille abufée
Par le perfide amant dont elle eft délaiffée ;
De cette fille en pleurs, qui portoit, dans fon fein,
Le fruit infortuné d'un amour clandeftin,
Et qui n'a maintenant, pour prix de fa tendreffe,
Que le feul défefpoir que fa chute lui laiffe.
Il le pourfuit ce traître & lâche féducteur
Qui, par de faux fermens, a vaincu la pudeur,
Et qui ne promettoit un prochain hymenée
Que pour trouver plutôt la vertu défarmée.
De la nature enfin il réclame les droits
Pour ce fruit des plaifirs, anathême des Loix ;
Dont les premiers accens, au jour de fa naiffance,
Du fond de fon berceau demanderont vengeance.
Je crois le voir ce pere ardent à repouffer
Un fils qui, dans fes bras, vient pour le carreffer :
« Fuis, dit-il, loin de moi, ta voix m'eft étrangère;
» Vas pleurer déformais fur le fein de ta mère.
» Il eft vrai qu'abufant de mes droits fur fon cœur,
» Je lui promis ma foi pour ravir fon honneur ;
» Que, fans honte, à mon crime ajoutant l'impofture,
» Sourd aux cris du remords, je veux être parjure ;
» Que fes charmes, fur moi, n'ont plus aucun pouvoir,
» Et que je l'abandonne à tout fon défefpoir.
» Et toi, fils odieux, que le crime a fait naître,
» De mes yeux, pour jamais, puiffe-tu difparoître;
» Ne vis que pour pleurer & gémir fur ton fort,
» Je te voué, en ce jour, à l'opprobre, à la mort. »

Ainsi ce malheureux n'auroit vu la lumière
Que pour être en horreur à la nature entière !
Seroit-il mis au rang de ces êtres proscrits,
Qu'une sévère Loi marque au sceau du mépris,
Et qui, d'un vil amour, fruits trop illégitimes,
Des forfaits paternels sont les tristes victimes ?
Non, non, à cet enfant son état est rendu ;
Tout rentre dans les droits de l'austère vertu.
Il pourra, sans rougir, reconnoître son père
Et se sentir pressé dans les bras de sa mère.
Cet amant trop cruel, dont les égaremens
Lui faisoient oublier la foi de ses sermens,
Aux accens de Gerbier devient époux fidele,
Et bénit du Sénat la voix qui le rappelle.

Mais quel est ce Héros qui fait tomber les fers
Forgés, pour Béresforr, par la main du revers ? (1)
C'est toi, brûlant Target, dont la forte éloquence,
D'un Prêtre infortuné, vient prendre la défense.
Je t'entends rappeller & la gloire & l'honneur
Sur cet homme innocent qu'avoit flétri l'erreur.
Tn me peins ces cachots, tristes & noirs abîmes,
Où souvent la vertu gémit parmi les crimes.

---

(1) Béresfort, Prêtre Anglois, détenu à la Conciergerie de Paris, dans la fameuse affaire qu'il eut avec madame Hamilton.
Me. Target plaidoit pour son élargissement.

Tu m'y fais pénétrer ; & j'y vois, avec toi,
Ce Prêtre enféveli que réclame la Loi.
Chacun, en t'admirant, garde un profond filence,
Notre ame vers la tienne avec tranfport s'élance :
Tous nos fens, à ta voix, demeurent fufpendus,
Et l'on t'écoute encor quand tu ne parles plus.

En ces lieux cependant quelle aimable Déeffe,
D'un air majeftueux, arrive & fend la preffe ?
A la nature feule elle doit fes attraits ; . . . .
De Polymnie, enfin, je diftingue les traits (2) :
De perles & de fleurs fa tête eft entourée,
Et d'un fceptre éclatant fa main eft décorée :
« Target, dit-elle, écoute & reconnois la voix
» De celle qui toujours te fit chérir fes Loix :
» C'eft affez . . . mets un frein à ton noble courage ;
» Du pauvre affez long-temps tu fauvas l'héritage :
» Viens goûter maintenant, pour prix de tes travaux,
» Au Temple d'Appollon, les douceurs du repos (3).

____

(2) Polymnie, Mufe de la Rhétorique.

(3) M. Target vient d'être reçu à l'Académie Françaife, à la place de M. l'Abbé Arnaud.

L'Académie eft dans l'ufage de ne recevoir au nombre de fes membres que des hommes connus par des Ouvrages Littéraires. L'exception qu'elle a fait à cette regle, en faveur de M. Target, honore également & la Compagnie & le nouvel Académicien.

» Mes Sœurs, près du Permesse, ont treffé ta couronne,
» Et ma main, en leur nom, aujourd'hui te la donne;
» Viens, auprès des Buffon, Delifle & Marmontel,
» Cueillir, dans ta retraite, un laurier immortel».
Elle dit & foudain, fiere de fa victoire,
La Mufe le conduit au Temple de Mémoire.

MILLE cris, dans les airs, s'élevent à la fois,
Thémis, en fouriant, applaudit à ce choix ;
Quand tout-à-coup un monftre, une atroce furie
A mes yeux vient s'offrir : c'eft la perfide Envie.
Elle preffe, avec rage, un ferpent dans fa main
Qui, fans ceffe, déchire & dévore fon fein.
Son front eft entouré de finiftres couleuvres,
Et fon louche regard décèle fes manœuvres.
La Chicane, au cœur faux, s'affied à fes côtés ;
Un monftre encor la fuit à pas précipités :
Dieux ! c'eft la Calomnie à la démarche fière.
Le péril eft preffant : paroiffez Debonnière,
Blondel, Courtin, Beaumont, Polverel, Martineau ;
Et vous auffi de Sèze, efpoir de ce Barreau.
Levez-vous, pourfuivez ces hydres venimeufes,
Faites entendre ici vos voix victorieufes . . . .
Mais que vois-je ? Déjà vos terribles accens
Ont rendu, contre vous, leurs efforts impuiffans.
Ces monftres font contraints de hâter leur défaite,
Ils ont tous difparu, votre gloire eft complette,
Par vous la paix, au fein d'une famille en pleurs,
Va porter déformais l'oubli de fes malheurs,

Et vers l'Être-Éternel, ces cœurs purs & sincères,
Adresseront pour vous de ferventes prières.

Je te vois arriver jeune & savant Tronsons ;
Viens occuper ta place auprès de ces grands noms.
De Cazeau dans les fers, la déplorable histoire (4)
Sera, dans tous les temps, présente à la mémoire.
Retrace nous encor ce généreux mortel
Traîné, par des Soldats, comme un vil criminel;
Son intrépide espoir, sa timide sagesse,
Son courage en voyant enchaîner sa jeunesse.
Viens nous redire aussi les regrets dévorans,
Dont cette triste scène accabla ses parans ;
Mais non, tu nous ferois répandre encor des larmes.
De ta douce éloquence, ah ! cache nous les charmes,
Ou plutôt ne t'en sers, dans toute sa beauté,
Que pour peindre Cazeau remis en liberté.
De tes succès alors tel fut l'heureux présage,
Et tes jeunes talens croîtront avec ton âge.

Pourrois-je t'oublier, ingénieux Treylard,
Dont le pinceau séduit, sans les secours de l'art?
Quoi ! sur ta courageuse & sainte véhémence,
Ma Muse garderoit un coupable silence ?

---

(4) Tout le monde connoît les malheurs qu'éprouva le
sieur Cazeau, au sujet de la maison de Solar. M. Tronsons
débuta dans cette Cause.

Non, non. Elle les voit ces élans généreux
Qui te font devenir l'appui du malheureux.
A tes yeux il est grand, & te trouve propice,
S'il peut avoir pour lui les Loix & la justice ;
Je te vois poursuivant son puissant oppresseur,
Déchirer le rideau qui couvroit sa noirceur,
Et briser dans ses mains ce sceptre tyrannique,
Que mouvoit, à son gré, son humeur despotique.
En vain, s'enveloppant d'un voile ténébreux,
La fraude veut ici se cacher à nos yeux ;
De ses replis secrets tu perces le mystère :
Marchant à tes côtés, la vérité t'éclaire,
Et bientôt, en tonnant & frappant à la fois,
Tu vas faire éclater la vengeance des Loix.
Tel, à Rome jadis, on vit dans la Tribune
Cicéron combattant pour la cause commune,
Contre Catilina s'armer de tous ses traits,
Et du lâche Verrès dénoncer les forfaits.

Vous enfin qui passez, comme lui, votre vie
A défendre le foible, à terrasser l'envie,
Noms chers que mon pinceau ne peut ici tracer,
Mais que rien, de mon cœur, ne sauroit effacer,
Souriez à ces vers qu'une Muse naissante
Consacre à célébrer votre plume éloquente.

. Et moi, qui d'un saint zele, avec vous animé,
Pour cet emploi sacré sens mon cœur enflammé ;

Moi, dont la vive ardeur peut-être eſt téméraire,
Et qui bien loin de vous entre dans la carrière,
Je jure que jamais vous n'entendrez ma voix
Que pour aider le juſte & ſoutenir ſes droits ;
Que démaſquant le crime, aux périls de ma vie,
Je vengerai par-tout la vertu pourſuivie.
C'eſt vous que j'en atteſte, ô Cochin ! ô Patru !
Vous par qui l'indigent fut toujours ſecouru ;
Que vos ſavans Ecrits, gages de votre gloire,
Soient, dans tous mes travaux, préſens à ma mémoire !
Daignez m'inſtruire encor, Chefs zélés du Barreau (5),
Succeſſeurs des Talon, Portail & Dagueſſeau.
Je veux que mon eſprit & ma foible jeuneſſe,
De vos ſages leçons ſe nourriſſent ſans ceſſe ;
Elles me conduiront & deviendront, pour moi,
Le livre de juſtice où je lirai la Loi.

----

(5) MM. les Avocats-Généraux.

F I N.

Avec Permiſſion.

De l'Imprimerie de PIERRE GODEFROI CALAMY,
Imprimeur, rue Marchande.